AF233242

BOUQUET

POISSARD.

A AMSTERDAM.

1758.

BOUQUET POISSARD.

D U vingt de Juin , oüi , je m'en souviens, c'est
la date ,
Je sortois d'un endroit bien vite & à la hâte ,
A cinq heures du matin ,
C'étoit la Fête à Frontin ;
Je voulois lui donner un Bouquet d'une espèce
A réveiller son cœur ainsi que sa tendresse.
Point du tout : une Guenon
Qui bûvoit avec Manon ,
Celle que je cherchois pour de la fleur d'orange :
J'étois mis , elle dit , vous vela , mon bel ange ,
Je ne vous ai pas vû depuis plus de vingt mois ;
Embrassons-nous , bûvons demisquier à nous trois,
Puisque je vous trouvons y vous faut queuques choses ;
C'est un Bouquet , j'avons des Oillets & des Roses ,
Des Grenades , du Tin
Et du biau Jassemin ,
Choisissez , mon ami , puisque vous êtes à même ;
Parsanguié j'ai pour vous une amiquié extrême :

Embraſſons-nous encor , je vous trouve joli ,
Vois ce chian, Javote , (*Manon parlant à Javote*) c'eſt
    un homme accompli ;
C'eſt un homme acompli , reprend cette mégere ;
Tu gauſſes , ſi j'avions bû , tu nous ferois croire
Que ce marmouſiau-là eſt cor ton amoureux ;
Mais je ſavons que tu n'eſt pas faite pour deux ;
Ta ſoit , dit entre nous ce ſi biau parſonnage ,
Que j'ons trouvés tretous moulé comme une image :
Car , s'il t'en ſouvient , avant qu'il fût ſoldat ,
Il avoit , ma foi , l'ar d'un Financier d'Etat.
Et tu le quitterois , avale ton rogome ;
Hé ! pargué bûvez donc , mon bout de Gentilhomme ;
Mais je n'avons plus rian , écoutez-dont garçon ,
Rempliſſez notre pot , & que ça ſoit du bon ;
Sans doute que Monſieu qui eſt bian bonne perſonne ,
Payera ce que j'ons , quitte que tu lui donne
Tout comme l'on dit pour ſon argent un Bouquet.
Hé bian ! choiſiſſez donc , Monſieu le freluquet ;
Prenez ce qui vous plaît , ne ſoyez pas en peine ;
Vous vla avec Manon , alle eſt bonne chretienne ;
Si vous l'aimez je ne blâme pas votre tor ;
Al avoit autrefois un ſot & un butor ,
J'enrageois de bon cœur , car c'eſt une toupie
Que j'aime , voyez-vous à l'égal de ma vie ;
J'avons eüe tout les deux les mêmes fréquenteux ;
J'avions deux gros Meſſieus qu'étions nos amoureux ;
Mais a n'aloit pas droit , Manon eſt une chianne
Qu'a bian pûs de détours qu'une feine Boymiane ;
Jarniguie qu'elle en ſçais , mais Monſieu ne boit pas ;
Savez-vous bian que vous reſſemblez à Judas
Avec votre ar ſérieur , ſi je n'ont rian à boire ,
Je pouvons appeler ſans nous en faire acroire ,

[5]

Je fommes bian venue dans cet endroit ici ,
Monfieu vian de payer , pour de ce pot ici.
Il en tatra ou bian je varrons fon affaire :
Monfieu je n'aimons pas qu'on fe boute en colere ;
Vous tapez des deux pieds , avez-vous mal au dos ,
Je ne veux point boire , laiffez-moi en repos ;
Donnez-moi un Bouquet , j'ai mes affaires à faire ;
Diroit-on pas (*Javote*) qu'il faut qui s'en aille en galere :
Tout comme il eft preffé , parguié j'avons le tems ;
Je boirions bian je crois la pinte de vin blanc ,
Ça recure le cœur en fortant du rogome :
Hé bian ! En êtes-vous ? Hé mais qu'au danné homme.

(Manon en colere de ce que Javote
la traite de Toupie.)

Varfe , Javote , épis après je parlerons ,
Je m'en va t'en bailler des courts épi des longs ;
Bois dont , mais gars'à chian , tu m'apele Toupie :
Tu dis que tu m'aime tout comme ta voirie ;
Jarni fi ce n'étoit ce Monfieu que j'ons là ,
Je te torcherois , vois tu , veux-tu , rian vela ,
Tu m'appelle Toupie , parle-moi dont , vilaine ,
Sçais-tu que je n'ai point courue la prétantenne ?
Je fis affez connue dans ce canton ici ,
Je n'ai jamais paffé pour une fans foufli ;
J'ai un enfant , c'eft vrai fa , quoique je fois fille ;
Mais j'ai cor mon honneur dans toute ma famille :

Manon mettan le poing fous le nez de
Javote.

L'on fçait que j'en agis , dit-le-moi , entends-tu ,
Comme une parfonne qui créve de vartu.

A iij

Mais toi , c'eſt différent : qu'a-tu fais des deux tiennes?
Qu'a tu fais de Fanchon & des autres vauriennes ?
Ta bian eue le plaiſir de les faire deux à deux ;
Dit moi où ſont itou tous tes biaux amoureux ,
Où qu'eſt ſtila qui t'a trincbalé dans la noſſe ,
Et qui t'a ramené ſoule comme une roſſe ?
T'en ſouviens-tu , j'équions lorſque t'es defendu ,
Tu ſçais depuis ce tems qu'il ne fut que pendu ;
Tu ſçais que les trois autres ont été aux galeres ,
Qu'ils ont manqués itou d'y traîner les deux freres :
Tais-toi , ſi je n'avois point de civilité ,
Je te dirois , vois-tu , beaucoup de varité ;
Mais je ſçais rumïner , reſtons-en où j'en ſommes ;
Ne parlons plus non plus de tes trois ou quatre hommes ,
Laiſſons-là les enfans , reſtons-en deſu nous ,
J'ons bian gagnés , je crois de boire qu'auques coups :
Varſe , Javote , va t'es une honnête femme.

(*Javote outrée de colere.*)

Que je varſe , gueuſe , je t'arracherai l'ame ;
Connoîs-tu les ceux qu'ont de l'élévation ?
Non : car tu n'es qu'un ſac d'abomination ;
Ta mere t'a aprein dès ta plus jeune enfance
A ne dégobiller que de l'impartinence ,
Et tu veux nous parler touchant ce qu'eſt l'honneur :
Va , garſe , tu n'eſt qu'un magaſin de malheur ,
Je ne dirai jamais comme toi des geullés ;
Mais ſouviens-toi qu'un ſoir t'étois dans quaüques allées ,
Je ne ſçais où , mais tu dépouillois des enfans ,
Pendant le tems que ton croc voloir les paſſans ;
Tu ſçais qu'on te l'a dit & redit à ta face ,
Et ça en tortillant ta vilaine carcaſſe.

Bian , Manon , c'est-ty-là du lait & du vilain ;
Vous , Monſieu , qui ſavez ce que c'eſt que l'inſtin ,
Eſſe-là entre nous (*Manon*) une bian belle affaire :
Javote , taira-tu ta gueule de vipere ?
T'as connu mes amans & moi les tians tretous ;
Mais tian , va , vidons ce que j'avons là entre nous ,
Ce que j'on dis n'eſt qu'en magniere de deviſe ,
Je vois que ce Monſieu n'aime pas la ſotiſe ;
Il a raiſon , il ſçait que je jaſe très-bian ;
Mais j'en ſont pas ici pour parler deſu rian ;
Tait-toi cor une fois , ſans cela je te créve :
Allons , marchons tous trois du côté de la Grêve ;
Prend le bras de Monſieu , trote d'un ar décent ;
Mais , où va-t-il ? Ma foi y court affreuſement ,
Regarde-le aller , ce chian là eſt aimable ,
Il avoit avec nous un ar bian raiſonnable ,
Y faut qu'il ait pardu ſon reſte de bon ſens.
Arrêtez ce Monſieu , il a le mord aux dents ,
Y vian de nous quitter , j'avons bû le rogome ,
Il en a prein l'odeur , il eſt ſou , le pauvre homme ,
Ou bian y faut qu'il ait ſon juſtin à l'envar ;
Regarde-le troter , y va tout de travar ;
Pour moi je crois qu'il a le guible dans la tête ;
(*Javote*.) Tu dis fort bian , Manon , c'eſt aujourd'hui ſa
    Fête ,
Il vouloit un Bouquet , courons dont après li ;

    (*Manon ayant fait quelques pas ſe laiſſe tomber.*)

Prend mon bras , mais Manon te vla chûe de brandy ;
C'eſt ce chian tian à qui j'avons fait politeſſe
Qu'eſt , par ma foi , cauſe que tu tombes en foibleſſe ;
Tâche de te traîner , je le ratraperons ,

Je vois qu'il eſt labas avec deux trois guenons,
Y babillons tretous, voyons cette marotte ;
Mais, mon biau freluquet, qu'un guiable vous décrote :
Que marchandez-vous-là ? Quoi ! c'eſt cor un Bouquet,
Parlez dont, Monſieu chian, ou Monſieu Paroquet,
Car vous êtes habillé de var comme ces bêtes :
Quoique je diſons ça, j'en ſont pas mal honnêtes,
Je vous parlons raiſon, je crevons de bon ſens ;
Pourquoi nous quitez-vous, je ſont des bonnes gens;
Vous vela racroché de ceux-là, c'eſt des femmes
Qui n'avons ni cœur, ni rate, ni foye, ni ame :
Car ſi je vous diſois le méquier qu'a faiſons,
Vous ſauriez que Charlos a manqué ces oyſons.
Je ne dis rian de plus, crainte de vous déplaire,
Je ne ſis pas non plus une femme groſſiere.

(L'uſage de la halle n'eſt pas de ſe mettre pluſieurs
ſur une perſonne ſeule ; en cette conſéquence
ceux que Javote vient d'inſulter ſe prennent
aux crains avec cette même Javote & Manon,
pendant que la troiſieme eſt ſpectatrice)

Non tu n'es pas, mais tian, vla toujours un ſoufflet.

(Fanchon Rabot donnant un ſoufflet à Javote
pendant que Suſon Tapin ſe bat avec Ma-
non.)

T'ira, vilaine, toy ou moy au Châtelet ;
J'alons voir à préſent ſi t'es honnête femme,
Ou bian, comme tu dis, ſi tas qu'auques peu d'ame.
Bon, vela qu'eſt fort bian, toi tu torches Manon
Paf, un autre ſouflet, ſtyla eſt-ty bon ?

Quoi, Javote, tu ne vanges pas ta carcaſſe !
T'es ſoule comme un chian, la maudite paillaſſe.

(Fanchon Rabot parlant à Suſon Tapin.)

Tortille la Manon , mais vla ton bonnet bas ,
Epis notre homme itou qui s'enfuit à grand pas.
Parlez-nous dont, Monſieu le Gentil-homme peut-être?
Allez-vous de ce trot galoper à Biſcetre;
Avez-vous oublié ce que j'ons dis nous deux,
Je ne le vois plus, j'ai pardu mon amoureux;
Ma foi le vla encor, parlez dont mon Bancroche,
Y galope qu'un guiable le tourne à la broche;
Courons tretous après, laiſſons le carillon,
Suivez-moi, que chacun boute ſon morillon :
Monſieu, Monſieu, parlez, le vla avec un homme,
Doré comme le plus gros Fermier du-Royaume;
Taiſons-nous, il nous voit, voyons ce qu'il dira.

(Javote me compte en gros ſon avanture.)

Monſieu, vous nous avez bouté dans l'embara,
Votre maudit Bouquet m'a fait caſſer la meine,
Mais j'en ai bian baillé itout à cette chienne;

(En me montrant Fanchon Rabot.)

Vous avez-vû, Monſieu comme a me tortilloit;
Vous avez crû ſans doute qu'a me torcheroit,
Mais par ma foi je ſis dure comme une emclume ,
Epis je ſuis itou au poil & à la plume;

(*Javote changeant de propos & parlant à Manon.*)

Payez-vous demifquier avec ce biau Marquis ,
Manon , non-je pas vû Monfieu au piloris ?
Ouy , c'eft ly y tournoit ila en mignature ;
Vela portant comme les voleux font figure ;
Vois-le , il eft pus biau que les gros Financiers.

(*Manon.*)

Monfieu a peut-être payé ces Créanciers ,
Ou bian , pour mieux parler , faifant fon acordance ,
Il a mis qu'il n'iroit pas cor à la potance ;
C'eft-ty vrai , oüi ou non , quoi ! vous ne dites pas rian ;
Songez que je parlons à droit comme fa vian ;
Stopendant je fons fans porte de dariere ,
Je vous parlons morgué tout comme à notre frere ;
Je ferions bian fâché d'infulter vos apas ;
Hé ! comment , vous prenez des ars de Magiftrats ?
Vous gauffez-vous de nous , de vous ou de quelques
       autres ,
Sachez que nos inftins valons au moins les vôtres ;
Le vela galoné , il croit être un Créfu ,
Mais fa femme a toujours époufé un cocu.
Monfieu , je ne dis rian pour vous bouter en peine ,
Vous paliffez , hé mais ! auriez-vous la cangreine ?
Par fanguié dépêchez-vous dont de nous parler.

(Fanchon Rabot nous mene dans une allée à
deux pas pour nous faire voir des fleurs ;
Manon à qui cela ne plaît pas , débite des sot-
tises grossieres que Fanchons Rabot entend ,
ce qui cause une querelle plus grande que la
premiere.)

Mais où ces maudits chians s'ennalont-ils trotez ?

(Manon.)

Tait-toy , ils s'ennallont du côté d'une porte
Avec ce biau chifon , Messieux , gar la revolte,
Je ne vous la souhaitons suivant votre desir
Qu'autant comme à tous deux a vous fera plaisir.

(Fanchon Rabot parlant à Manon.)

Je Revians , que dit-tu, sçais-tu à qui tu parles ?
Sçais-tu moi que je fis cor pir qu'une Vessale ?
Je t'endendois, je te voyois & ces Messieux,
Vela un coup de pied & de poing , c'est pour deux ;
C'est-à-dire qui gnia pour Manon ta compagne
Epis itou pour toi , vois-tu que je me magne ?
Coment dont , tatigué , tu m'oteras mon pain ?
Je vis des Bouquets , mais toi sa tes Catins :
Oüi , vilaine , tu l'es, de plus une coureuse,
faite pour des soldats , & par-desus voleuse :
Oüi , coquine à chian , ce que je dis est du vrai ,
Tu n'as jamais valu un fetus , l'an le sçait ;
Tas toujours été plus méchante que la peste.

(Javote ramaſſant toutes ces forces, donne un coup
de poing dans l'œil de Fanchon Rabot ; cette
même étant étourdie du coup qu'elle vient de re-
cevoir, s'imagine qu'elle ſont deux ſur elle ; mais
reconnoiſſant ſon erreur, dès l'inſtant elle ſe met
d'une fureur extraordinaire.)

Comment, vous vous boutez à deux ſur une bête ?
A moi Suſon Tapin, la geuſe de Manon.
Ma baillé, que je crois, dedans l'œil un oygnon :
Non, je me ſuis trompé, tu la treines par terre ;
Quoi ! Javote me bat ? la rage, la colere
Me tranſporte : oüi da, tu joue des deux mains,
Attend, j'alons itou nous rebouter en trains ;
Je vas mettre mes griffes & mes dents en uſage,
Et ça pour t'aracher la piau de ton viſage :
Alons, à toi, à moi, vela portant mon tour ;
Hé quoi ! t'es tombé ? C'eſt que tas tourné trop cour ;
Tu m'as poché un œil, y faut que je t'acheve,
Devrois-je être mené toute envie à la grêve ;
Tu me feras paſſer, toy, pour un ſac d'horeur,
Et t'oſeras bouter ton nez dans mon honneur ;
Gueulle infernale, quand t'aurois dix mille vies,
Je te les arracherois.

           Pendant que ces furies
Se donnoient des coups, ſe trainoient au cheveux,
Je dis à mon ami délogeons tous les deux ;
Nous n'avons pas beſoin de nous preſſer bien vîte,
Nous n'aurons, que je crois, perſonne à notre ſuite ;
Marchons tout doucement, prenons de ce côté :
Dis-moi, as-tu pris part à ma captivité ?

Oüi, t'es mon bon amis, je l'ai vû en Province ;
Dis-moy auſſi comment ſe porte notre Prince ;
Tu ſçais comme moy que de l'endroit d'où je viens,
Quoique l'on y ſoit bien, l'on n'y ſçait jamais rien :
Parle-moi, joui-t-il d'une ſanté parfaite,
Que Dieu nous conſerve cette précieuſe tête ;
Car nous avons beſoin de ce Prince accompli ;
Il eſt notre pere, notre Roi, notre apui.
Vingt millions d'habitans répandus dans la France,
Ne peuvent vivre heureux que deſſous ſa puiſſance,
Dieu le ſçait.

*(Celle qui étoit ſpectatrice vient nous apprendre que
ſes Compagnes ſont ſéparés, & qu'elles ſont au ca-
baret enſemble.)*

En diſant cela à mon ami,
Je me ſentis tirer vivement par l'habit ;
Je me retournai donc avec indifférence,
Dès l'inſtant je me vis faire une révérence,
Enſuite l'on me dit : je venons après vous
Pour vous apprendre que je ſons d'accord tretous ;
Nos gens ſont ſéparés, a ſont enſemble à boire ;
Je n'ai rian dit plutôt, Monſieu de cette hiſtoire,
Parce que vous équiez à parler entre vous
D'un Prince que j'aimons mille fois plus que nous :
Oui, Monſieu, je barions tretous tant que je ſommes,
Nos bians, nos vies pour ly épis itou nos hommes ;
Notre guieu le garde depuis ces jeunes ans,
Et il le gardera pour nos petits enfans.
Mais boutons-nous, Mouſieu, deſu une autre affaire :
J'ai dis que tous nos gens n'équions plus en colere ;

J'ai, je crois, dit itou, qu'alle nous attendons,
Donnez-moy donc vos bras épis je partirons.
Hé quoi ! vous reculez : hè ! mais , mon guieu , queul
　　　　homme,
Vous ne reculiez pas en bûvant le rogome ;
Pargué depis cinq heure, mon biau freluquet,
Que vous êtes , avec eux, pour le maudit Bouquet ;
A ne vous ont pas fait , je crois, d'impoliteffe ;
Allez , j'avons par fois de la délicateffe ;
Je ne fons ma foi pas pour vous faire un affront ;
Quoi ! vous avez un pied de rouge fur le front ;
C'eft y à caufe que je vous dis devant cet homme
Que vous bûvez depis cinq heures le rogome ;
Parguié quand vous feriez avec un Ciceron ,
Quand vous feriez itou avec un fot Baron ,
Je le dirois ; hé mais ! vous hochez votre tête ,
Alez-vous cor prendre la poudre d'efcampette :
Oüi ma foi les vela dénichés tous les deux ,
Faut les laiffer aller fans crier après eux :
Car je vians de parler du pere de la France ;
Par refpect taifons-nous , retournons à la lance.
Quand nous eumes marchés une heure fans arrêt,
Je dis à mon amis voilà un cabarêt :
Entrons, repofons-nous , car je fuis hors d'haleine ;
Je crois que j'aimerois mieux aller à la chaine ,
Que de venir chercher des Bouquets rue au Fer ;
Hé mais ! que dis-tu de ce trio de l'enfer
Je ne dis rian , je penfe à tes belles alures,
Je lui contai les deux premieres avantures ;
Nous bûmes un coup, je pris fix bouteilles de vin ,
Un pâté de perdrix , deux ou trois gâteaux fins,
Six pigeons bien dodus tous fortant de la broche,

Six roulots de liqueurs que je mis dans ma poche,
Deux bouteilles de ce fameux vin de Jentin,
Nous fumes déjeuner avec ça chez Frontin.

N.